短詩集

いざ!

言葉のデッサン帖

目次

「ごあいさつ」

この男　間抜けなラッパー
ことばの畑を刈り込んで
世に　テンポよく撒いていた
そのはずが
畝にことばをこぼしてばかり

この男　まじめなラッパー
こぼしたことばの後始末
拾い集めて　手料理に

この男　けなげなラッパー
不細工ことばを
盛り付けて

このたび
客席に運ぶことに
短詩集「いざ！」にして

Ⅰ部

いざ！　ともに

［新詩人］

和装から割烹着へ
五・七・五でも　七・五・三でも
時代を自在に料理する

＝だれでも詩人＝

猛スピードで進化する科学技術。とくに通信技術は、言葉の短縮化・記号化などとなって大衆生活にも浸透。それが長い歴史を持つ短句文芸にも反映してきた。それらはずっと、日本の文芸史上、際立った影響力を発揮してきたが、現代に至って大衆化・普遍化が強まり、「伝統性」の維持が難しくなってきたようだ。現代は、だれでも気軽に詩を書く新詩人層が育ちはじめている。

日本の長い伝統を持つ短歌界・俳句界はかつての先人に習い、真の時代性ある「伝統性」を探るべき時期が迫っているのではないだろうか。

［髭］

男の顔は　自然の裏庭
未練の手入れを怠ると
それっ　とばかりに雑草が繁茂する
古傷は寝かしつけよ
ねんごろに　子守唄を聴かせつづけよ

＝かさぶた＝

多くの男は、髭の根もとにひそかに古傷をこらえているものだ。まじめな男ほどその傾向が強い。古傷って？　その多くが人間関係に属するもの。恋人との、親友との、家族との……。ちょっとした齟齬《そご》の、そのやるせない想いが、かさぶたとなって居座ってしまったのだ。

楽しい酒を呑んでいるとき、ふと、古傷がうずく。いつも、それから杯の数が倍増する。

いい歳になってしまった。閻魔大王から呼び出しがくるころだ。出頭する前に、雑草を丹念に刈り取って、せめて、かつてのイケメンを鏡に残しておこう。

［号砲］

この突風
なぜ
彼女を
伴走させてしまったのだ

＝枯葉＝

人は長い記憶の隙間に、なんと多くの枯葉を置き去りにしたことだろう。

その枯葉が二枚。若いころの彼と彼女のことだ。情熱が冷静に勝って、ゴールが定かでないまま、心を合わせ、手をつないで一斉にスタートした。襲ってくる突風に逆らいながら、枯葉のように渦巻いたり、吹き溜まったりの繰り返しだった。そうした中、彼女が何度も腹痛を起こしてしまった。準備がずさんだったのだ。彼女を突風の外に放さざるを得なかった。

天候は回復したが、残念ながらその後、彼と彼女は再会することはなかった。枯葉のままで。

［初出勤］

牧童の笛に
スキップ踏み踏み
柵の中

＝運搬物＝

今日もまた、満員電車で通勤だ。いつものように急停車・急発進の連続。そのたびに乗客は、両足を踏ん張りながら、互いに身体を預け合い、預けられ合った。が、その日の運転はひどかった。だれかがわたしの右足を、まともに踏みつけた。痛てて、……。思わず声をあげてしまった。「すみません」と小声で隣の男。ＯＫ、と頷いて応えたわたしだが、魚の目のひどい痛みで顔をゆがめつづけていた。すると「ごめんと言ったじゃねえか、このやろう！」とその男。普通の善良なサラリーマンどうしが、真意を伝え合えないこの悲しさ。電車は社会現象をそのまま運んでいた。今日は、不快感が付きまとった一日だった。

強は　弱を
弱も　弱を

［すくい投げ］

＝強と弱＝

世の中には、残念ながら強者と弱者があり、支配と犠牲の関係を構成している。その典型が労使関係だが、金融上の強と弱、つまり、強者・銀行が、最近、弱者・預金者との関係を急速に悪化させている。

それは、絶対強者「国家」とリンクして、強者「日銀」が異例の金融政策を進め、「銀行」の経営を圧迫している。そのため本来、強者連合の一員たる銀行が、そのツケを弱者「国民」に転化して凌いでいるからだ。本当の強者「国家」のもと、三強の銀行が仮の弱となって、平然と本当の弱者に矛盾を押し付けている。国全体がどんどんと衰弱していく。

［忍術］

多大なる
真摯《しんし》に
二度と
して　参ります

［隠蔽《いんぺい》］

立ち向かった
ら
無人島

［広告］

こっち　あっち　こっち
　　　にも　　　にも　　　にも
あっち　こっち　あっち

＝投網《とあみ》＝

市民生活にはびこる広告。これはもう公害だ。街の目抜きには大型広告ががっちり。公共性の高いバスさえも広告を大きく広げて街を走り回っている。

テレビをつけると、ＣＭのオンパレード。本番組の顔つきをしたＣＭや、本番中にふいに忍び込んでくる小さな広告も。実態がつかめないデジタル広告も時空を超えて盛んだ。

広告は必要不可欠だが、際限なく市民の生活空間を埋め尽くし、われわれの意識に宣伝意図を刷り込んでくる。自由経済社会ながら、広告は政治的な先鋒となったり、政治そのものを牽引する力も内包している。自制と関心が必要だ。

［一網打尽］

辻
辻
辻に
魚群探知機

［丸裸］

監視カメラ　なんのその
ふんどし
締めて街を往く

［閉じない眼］

囚われた　さんま
瞬きもせず　見据えている
夕餉の席で　骨にされるまで

［予感］

破れ窓
黒猫一匹

Ⅱ部

さんざん

豪華な不要不急の旅だった
ＧｏＴｏトラベル
東京に帰ったら急に停止になった

「やったぁ！」

＝経済か生命か＝

二〇二〇年七月にはじまった政府の観光支援事業「ＧｏＴｏトラベル」。この豪華な旅行推奨事業によって、コロナの感染者が、一ヶ月間に、六～七倍に増加した。この大盤振る舞いが、初期の感染拡大に影響したのは間違いないだろう。

こうした中、政府は大幅な第三次補正予算を組んだ。それは、相変わらず観光事業のＧｏＴｏを重視するものだった。政府は目先の経済・五輪・選挙対策の呪縛にはまって、感染対策・医療対策・ワクチン対策のすべてを後手にまわしてしまった。

〔自粛〕

妻　愚痴　だらだら
夫　睡眠剤　べろべろ

＝緊急事態宣言＝

宣言発令時、全国の一日あたりの感染者数は激増していたが、その後、減少傾向にある中、政府は一部の県の「医療体制の逼迫《ひっぱく》」を理由に宣言の再延長を決めた。これにより、庶民層の休職・失業が加速した。さらに不要不急の外出制限などが延長されることになった。

そうした中、与党議員の禁を破った行動が続いた。本来、社会的義務を重く持つ者の「上級国民」の意識過剰。それがいま、日本の政治モラルの失墜につながっている。首相自身も、当初夜間の有名ステーキ店で自粛の禁を率先して犯していた。

［神の声］

腕力にまかせて
「自然」を犯しつづけた地球人よ
全員　腕に罰を受けよ

＝失政のあげく＝

新型コロナの感染者が国内で初めて発見されたのは、二〇二〇年一月一五日。以降、急速に蔓延して、政府は四月に緊急事態を宣言。しかし、それで収まらぬまま、七月に観光業への支援対策としてＧｏＴｏトラベルを、さらにＧｏＴｏイートを施行した。それらの策によって、感染者はうなぎのぼり。翌二一年一月に二回目の、さらに四月に三回目の緊急事態の宣言を発したが、その後も宣言を重ね続けた。

ウイルス撲滅の頼りがワクチン。首相は当初、七月までに高齢者分を完了すると言っていたが、その手配も大幅に遅れ、同時に旺盛な変異株への対応にも追われる結果となった。

［心得］

自宅療養になったら
まず遺書を

＝病床がない＝

コロナ感染がなかなか収まらず、医療機関の逼迫が解消する気配がない。そのため、搬送先が一杯で、陽性の多くの人が自宅療養を余儀なくされて、いわばベンチ入りとなった。そのため、一般の民間病院の経営不振ばかりか、本来の外来患者への診療も含めて、医療体制の崩壊が目前に迫っている。自宅療養の家族への感染や、本人の急変・死亡も激増してきた。

日本の人口当たりの医師数は、国際的に平均を上回っているが、国は医療費抑制の一環として、重症病床を減らしてきた。いつもの、目先の経済優先の政策が、問題の要因になっている。

［閉店］

残雪に
コロナ　踏みつけ　踏みつけ
祖父の遺志を捨てに行く

＝貴重な経験＝

横浜に入港した大型クルーズ船から、日本政府への第一報は、患者数七人だった。医師が急行すると、船内はすでに患者であふれていた。日を追って増える患者。その患者の搬送先は、神奈川県のほか、宮城県～大阪府まで一五都府県に及んだ。

船からの第一報から、乗客の下船が終った三月一日までの一ヶ月間。患者は七人から百倍の七百人となり、死者も一三人となった。この間の、政府のドタバタな対応を思い出す。

その後の、国内のコロナ対応のドタバタ、国はいったいあの経験から何を学んだのだろう。わが国の長年にわたる口先だけの「やってるよ」政治。その実態を見事に露呈してしまった。

［居場所］

自粛解除で
俄然　女房が大掃除をはじめた
掃除機の中に逃げ込んだ

［火星だより］

ほら
あれが地球人だよ
尻　丸出しで
顔　隠して
いっせいに　走り廻っている

女性への投げ技
「とたん」
捻挫した五輪会長

［再・地鎮祭］

五輪会長に女性を据えて
朗々と
コロナの機嫌をとってみたが

再延　できない
休止　できない
中止　できない
観客　入れない
で

［できた］

＝機会を逃すな＝

派手な事前運動と、元首相の派手な冗談で、オリンピックの東京開催が決まった。〝東日本大災害の復興〟を合言葉に国中が大騒ぎしたが、その後、遅々として進まない避難民の復帰をよそに、湧き出たコロナ禍。新しい合言葉は〝コロナを克服して世界に勇気を〟といったものに変わった。

だが、これに対する国の対応は、あくまでも経済性。ちぐはぐな取り組みで、後手また後手。国民各層が右往左往した。

われわれは、良い機会を得たのだ。世界のアマチュアスポーツの大会という当初の意義が、時代が変わったといえ、いまのような肥大化、商業主義化のままでよいのかを考えるチャンスを得たのだ。

［大成果］

いけねぇ
混同してた
メダル数と　感染者数

＝五輪終曲＝

アンダーコントロールとかの冗談や、巨額の使途不明金とかを出しながらの、国を挙げての招致活動。恥ずかしかった。

その結果、スポーツマンシップの牙城、オリンピックを東京にもたらした。決定発表会場での、関係者の抱き合い泣き合いの大騒ぎ。その映像、恥ずかしかった。

その後、コロナ禍の国家的危機のさなか、さまざまな政治的思惑に支配されて、大会理念や開催方法を次々と変えながら強行した。その右往左往。恥ずかしかった。

結果、その費用だけでも、当初予算の約七千億円から約一兆六千億円という世界新記録を樹立してしまった。

Ⅲ部　いくらなんでも

［垂れ流し］

虚言　隠蔽　おっとぼけ
俺たち
前チャック開ける暇もなく

［火遊び］

おれたち消防隊がいたから
元殿
焚き火　ぼうぼう

［芋づる］

ねえ
ぼくのほんとうのパパって
いまの？
まえの？
そのまえの？（やっぱり）

［ネタばれ］

手品師が
じゃんじゃん刷っていた
一万円札

［消しゴム］

国会に散乱したフェイク答弁
大掃除だ　国民の決意に
どか　どかっ
検察が

［能舞台］

手順通りに　厳かに
政治がらみの判決
着々と

さあ
チャンネルを国会中継に合わせて

［昼寝］

＝哀愁＝

尊敬できる人。主張や考えを理路整然と話せる人。だが、長く複雑な話は、短い言葉のやり取りが生活の主流となった時代、他人になかなか伝わらない。それを承知で、わざと長々と喋るか、話の筋をはぐらかす人もいる。饒舌は反時代だ。

その典型が日本の政治の世界。たとえば、テレビの政治討論会。各党の担当が予定した言葉をひたすら述べ合うだけの討論なしの討論会。虚しい電波と視聴の浪費。

国会中継も。質問側は、国民を意識してフリップなどを用意するが、答弁側はのらりくらり何も答えない。ひたすら国民に快眠を与えてくれている。

［汚染］

降りしきる小ぬか雨
立ち尽くす老人　ひとり
与えるわけにいかず
与えぬわけにもいかず

＝墓標＝

二〇一一年三月、東日本大震災が起き、富岡町在住のSさん宅近くの東京電力福島第一原発が水素爆発をおこした。国は原発二〇キロ圏内の、牛すべて三五〇〇頭の殺処分を指示したが、Sさんらは拒否して、他地区に避難。二週間後、富岡町の牛舎へ帰ったら、やせ衰えた牛たちがしきりに声を挙げて、Sさんの身体に角をこすりつけてきたという。Sさんは牛と一緒に声をあげて泣いたそうだ。

九年後、警戒区域への立ち入り全面禁止となって、ついに繋いでいた綱を切ることになった。牛舎裏には一四頭を埋めた跡に、銘札が戦死者の墓標のように並んでいる。

［辺野古］

この地球上で「唯一」
狂気を投下された　その国の
苦難がつづいた沖縄に
これこそ「唯一」の「唯一」の解だと
金切り声を投下しつづけている

＝民意無視＝

一九四五年三月、米の大軍は大掛かりな空襲の末、烈しい地上戦を敢行した。日本軍は支えきれず、軍民混在状況となり、この戦闘で住民の約四分の一が犠牲になったという。本土決戦の時間稼ぎにされたのだ。

一九九六年、日米両国間で住宅密集地の普天間飛行場の返還に同意。国は抑止力の維持のためとして、たび重なる民意を無視しつづけ、これこそ「唯一」の解決策だと、辺野古の新基地建設を強行。当初の完成時期も費用も普天間の返還も、メドの立たない難工事を強行している。

貴重な海の幸などなどを、侵しつづけている。

［鍵穴］

玄関から招き入れた平和が
いま
裏口で　わらじの紐を結んでいる

［隙あらば］

頭上を
オスプレイが　飛び回っている
スリーポイントを狙っているのだ

［秘策］

日本列島の海岸線に
万里の長城を築いている
黄砂対策とか

［不快］

面前で
日本列島が寝そべっている

［抑止力］

黄門様の印籠には「核」が入っていた

［結局］

「抑止力」と称する
戯画のオークション
際限もなく吊り上って
「挑発力」で落札された

Ⅳ部

やれやれ

［一大事］

我が家の庭を
隣の猫が　トイレにしていやがる
我が家の頭上を
勝手に　雁行が通過していやがる

＝垣根＝

世の中にはさまざまな境界がある。たとえば土地の境界は、もともとまっさらな原野を、人間が先を争ってラインを引いたもの。それを伸ばす縮めろで、これまで有事を頻発させてきた。

今日も、垣根越しに大人どうしが、庭木の枝の侵入について、口角泡を飛ばし合っている。そのそばで、子どもどうしの水鉄砲戦も盛り上がっているのが微笑ましい。

そのさなか、またもや、隣の猫が平然と垣根を侵してきた。また有事が起こりそうだ。

［愛犬ポンタ］

突然だった
お前のいのちを亡くしてしまった
アルバムで　毎日お前を探している

＝ガス室＝

この建物は、飼い主を待ち続けるガス室行きの犬たちの、のたうち吠えが響きわたる施設だ。別室で待っていたわたしの膝に、たどり着いた犬がいた。それがポメラニアン・ポンタだった。

その後、毎朝、彼を近くの湖畔で散歩させていた。

ある朝のことだ。私が首輪をつけて、尻尾を振って、散歩させられていた。う～ん、そうか、あのポイ捨てされた屈辱が、彼の心の芯で疼いていたのだ。たとえ、飼育される身でも、いのち対いのち、その節度を欲っしていたのだろう。

以来、ポンタを散歩させるのではなく、わたしたちは、ともに散歩することになった。

養老の滝つぼへ
秘めごとすべて投げ込んで

［婚活へ］

［初デート］

その蝶は
しなやかなダンスで気を惹いた
あげく
未踏の地へと飛んでいった

［グルメ族］

あれこれ
メニューをめくりながら
よだれ　だらだら

＝中華屋のまかない食＝

私が毎日通う建物は、ＪＲ神田駅近くの雑居ビル。その日、伝票の整理に追われて遅い昼食となって、週一回は必ず行く中華料理のＣ楼へ。いつもは近くのサラリーマンで混んでいるが、客はわたしだけだった。ラーメン定食を注文した。

食べながら、ふっと店の奥の席で店員二人が昼食をとっているのに気づいた。今日の彼らのまかない食は何だろう？　遠目で見たら海鮮丼らしい。「ラーメン屋の海鮮丼」。油気が強い店内の環境から、たまには和食をと、店主の気遣いが感じられてうれしかった。ニヤニヤ含み笑いをしながら社へ戻った。翌日も、昼食は連日のＣ楼行きとなった。

［帰省］

昔ながらの箒で
ホコリを掃き出した
部屋に麦畑が拡がってきた

［再難］

下着のまま
派出所へ駆け込んだら
なぁんだ
女房どのじゃぁありませんか

〔未練〕

父との囲碁
勝つのはいつも俺だった
「もう一局!」　亡き父の声が聞こえる

＝わが家族＝

わが父は、栄光のサファリーに出場して、はや百年。まだ、ゴールインしていない。

わが母は、不明の夫に失望、呑んだくれの塵となって、宇宙の果てを光速で走りつづけている。

わが兄は、両親探索の支度をしている最中に、昨日、九九歳で逝ってしまった。

俺はといえば、散髪して、そのまま密猟に出かけた。が、猛獣どもに献体させられて、奴らの腸内を散策、オアシスのほとりに排便された。現在、ほくほくと臭気を立てながら、父と遺恨の碁を打っている。

［気配］

ポトリ
椿の落花
人事部からだった

＝無念＝

定年まであと数年あるはず。だが、部長は会社の運命はあと数日だという。時代の流れに沿って頑張ってきたのだともいう。従業員は非正規ばかりだった。その上、親会社はもの造りは途上国で、技術開発は企業買収で。つまりはグローバル化で乗りきる計画だったらしい。

だけどさ～、受け入れられないよな～。去りゆくものたちが集まって、地団駄を踏み合った。なにもかもドサクサだったよなあ～。

ふんまん、延々……。夜が更けてもまだ。夜が明けてもなお。陽がのぼれば、また……。

［献身］

やっと　だった
やっと
夫を終《つい》の旅路へ見送った

＝晩景＝

肩の荷が降りて、海鳥たちも帰った宵の海辺へ出る。そこは寄せては返す波音が彼女を包み込んでくれた場所だ。

夕焼けが迫ってきた。はるか沖合いから、晩鐘が余韻を乗せて漕ぎ寄せてくる。彼女、胸に両手を合わせる。ああ、全身に万感の潮が満ちてくる。

二人の生活を終えて、しわだらけになった彼女の心身を、この彼女を、この安堵の波間にさらしてあげたい。

幸せの　悲しみの　あのとき　あの頃
最後は　だれでも独り　誰でも……

［人生百年も?］

大丈夫だよ
スマホゲームさえあれば

［ごろ寝］

こうやって　今日一日
そうやって　明日もまた
百歳まで

Ｖ部

気流

［春一番］

あなたの声　届いた
あの星空から
寝室　激しく叩いて

美女
びじょ　びじょ
「らっしゃいませ」

［猛暑］

アスファルトの道を
老人
歩数を垂れ流しながら……
ながら

［斜陽］

夕日に濡れた瞳
飛び込み台の少女が
すべり落としてしまった瞳

沖へ　沖へと

［被害甚大］

気象庁は
台風のない地域へ
日本列島の移転を検討しはじめた

［温暖化］

富士山麓がサボテンの群生地になった
鳥取砂丘で鯨が砂を噴き上げている

［悲鳴］

自分勝手な借り主に
家主が　まくし立てているのだ
「早く他の星へ移れ」と

=行動する若者たち=

温暖化の進行で地球の危機が叫ばれる中、北欧のいち少女の抗議行動が世界に波紋を広げた。スウェーデンの高校生だったグレタさんだ。彼女は学校の授業を犠牲にしながらも、温暖化対策の必要性を訴え続けた。彼女の呼びかけは、SNSを通じて広く世界の若者たちに広がり、ヨーロッパ各地でデモが活発化。これらの行動が、各国の具体的な温暖化対策を引き出した。

日本も「パリ協定」に従って、一〇年後までに温室効果ガス削減のため、再生可能エネルギーの推進と脱石炭、脱原発を迫られている。日本の学生層も「温室効果ガスを大量排出する企業への大銀行の対応が生ぬるい」との声を上げはじめている。

［実りの秋］

荒廃した果樹園
コオロギが
あち　こち
隙間風のように啼いている

＝園丁の夢＝

その男、果樹園の園丁だった。毎年、たわわな果実を青空いっぱいに育ててきた。それが、自然劣化の時代に遭遇してしまった。その男、夢のふるさとを求めて旅へ。理想のふるさとを探し当てた。懐かしい寓話が霧となって流れる森だ。樹々の幹から、小鳥のさえずりが湧き出ている。

その男、園丁に戻ることにした。まず大地に両脚を植えた。こうしてひなたぼっこをしながら、こうして森の摂理を呼吸しながら、両脚にしっかり根を生やして、やがて、両腕に抱えきれない果実を育て上げることにしたのだ。

［草むしり］

頭　禿げた

ら

鼻毛すくすく

［郷愁］

コットン畑から
演歌が聴こえてくる

［蝉しぐれ］

ぽつん

＝一人ぼっち＝

法事で、禅寺の林で姉と待ち合わせたときのことだ。盛夏を囃し立てる蝉の大合唱。そのるつぼに身を置くことで、しばらく心地よい寂寥感に浸っていた。

しかし、日頃から慣らされているとはいえ、やがて、姉のいつもの遅延癖が気になりはじめた。じわじわと焦燥感にも囲まれてきた。

寂寥感と焦燥感の同居を《蝉しぐれ／われ／ひとり》と書いた。どうも、雰囲気が違う。あれこれしながら、結局、小さな「ぽつん」にたどり着いた。ひとりぼっちの感興表現として、ようやくこれで妥協することにした。

デフレの記憶を　小手で払いながら
降り注ぐ不景気を　小走りに避けながら

［往く人々］

［お丶寒む］

マントに星くずが積もっていた
暖炉に
払い落としてやった

Ⅵ部

超時代

［廃語］

「もしもし」「もし！もし！」

「お〜い！」

指先で　どうぞ

＝言葉もハンコも＝

言葉による人と人の交流は、だんだん不要になるようだ。指先でキーを押せばなんでも連絡できる、これが便利というものか？　と疑問に思っていたら……。

「配達で～す」と。「は～い」とハンコを探していると、指でサインしてください、という。指で良いなら、この世にハンコが要らなくなる。まことに良い傾向だ。

ところが、企業の書類にハンコを押すロボットが出現したと聞いた。これはもう、技術の浪費だ。些細な労力までも技術に頼りすぎる、むしろ、言葉も文字も健全に機能させるための、ハンコレス社会、サイン社会を目指すべきだろう。

［どんどん］

ネクタイ外して　ユニクロ化
漢字忘れて　カタカナ化

＝言葉遊び＝

猛スピードで進展する生活感覚。これによって文化の質にも大きな影響が及んできた。たとえば、日本の文芸史上、際立った伝統性を発揮してきたものの一つに俳句があるが、テレビのエンタメ番組で、作品のテクニックなどの評価で点数化や席次化を楽しんでいるのもその一面だろう。伝統を標榜する文化の大衆化・普遍化が強まり、近代から重ねてきた「革新性」の推進が停滞してきた。やがてこの日本の伝統文芸が、現代人の言葉遊びの一つになってしまうだろう。それはけっして悪いことではないが、「伝統の品格」と「詩ごころ」を求める、いち愛好者の危惧である。

［孫来たる］

なにも　食べない
なにも　しゃべらない
なにも……
スマホに両目を埋め込んでいる

＝異常事態＝

人は生まれて、四つん這いから、次の立ち歩きを遂げようと頑張った。その心意気が文明を推進させてきたのだが、それが、さらなる欲求を求めて、多様な、多彩な、多能な、テクノロジーを積み重ねた結果、ついに、スマートフォンなるものを世に登場させた。

このスマホ、次々と全能を発揮して、人々の寝食を蝕《むしば》みながら、世界の大通りを、裏路地を、濁流となって駆け抜けている。

この間、地球人はどれほど膨大な時間量を垂れ流したことか。その重さに耐えかねて、地球が自転の逆回転をはじめることが心配だ。

［裏技］

さすが大横綱
国技にプロレスを取り入れて

＝スマホの楽しみ方＝

満員の通勤電車。座席の人も、通路に立っている人も、老若男女、みんな一途にスマホに視線をつぎ込んでいる。ＳＮＳやニュース、ゲームだろうか。まるでスマホ専用電車。それぞれの人生の消耗に没頭できる、貴重な車両だ。

めりめりと、大切な命の残り時間が、縮んでいく恐怖。それを楽しんでいるのだろうか。それも、良し。

だが、たまには視線を変えて、世界の覇権争いに参画してみたらどうだろう。際限のない各国のトリックゲームに。刻々と、破滅に向かう世界に遭遇できる。これこそ恐怖。手に汗して楽しめるはずだ。

［慢心］

どうして　そんなに急ぐのか
磁力にからだを浮かせたまま
地に足もつけないで

＝この狭い国土に＝

リニア新幹線は、東京～品川～名古屋間を大幅に時間短縮する「超」技術プロジェクトだ。静岡工区では、美しい南アルプスの直下に、九キロのトンネルが掘られる。連日、数百台のダンプカーが景観を尻目に爆走している。このトンネル掘削で、大井川の水が損なわれるとして、静岡県が強硬に反対している。

また、外環道の大深度工事で、住宅地が陥没した事件が発生して、同じ工法に反対運動が激化。開業の予定が大幅に遅れること必至だ。いつもの地に脚をつけない「経済性」優先の発想が招いた結果だ。これらにより完成しても、ＪＲは工事費が当初予算より一兆五千億円増の七兆四百億円に膨らむとしている。

［寄せ書き］

中学生になったらさぁ
ぼく
宇宙に家を建てるんだ

〔忠誠〕

3Dで
別の自分を完成した　ら
そいつ
早速ストーカーを始めやがった

［快挙の二乗］

無限の宇宙を五〇億キロ
「はやぶさ2」の快挙
その直後　次の課題へ百億キロ

＝快挙つづく＝

二〇二〇年一二月六日「ＪＡＸＡ」の宇宙探査機「はやぶさ2」は、小惑星「りゅうぐう」にカプセルを投下して探査試料の採取に成功。それをオーストラリアの砂漠で無事回収した。打ち上げから約六年間、五二億四千万キロにおよぶ旅の快挙だった。

この試料は、生命の起源となるアミノ酸などの有機物や、海水の発生などの謎を解明する手がかりになるという。

大役を果たした「はやぶさ2」は、これから一一年かけて、百億キロ先の別の小惑星へ向かった。今回の快挙につづけて、そのまま次へ。この決断がすでに快挙。人間の緻密な設計力・実行力には超時代の到来を実感させられた。

［超時代へ］

パスカルが　持論を訂正した
「ロボットこそ　考える葦である」と
ロダンは　いま
「考えない人」の制作を急いでいる

＝よき時代に＝

若いときからの勉強嫌いが災いして、格差社会の餌食になってしまった。遅ればせながら猛勉強して、人生の路線を変えようと、塾へ申し込みに行った。ところが、世の中は記憶力の受験競争に替わって、合格必至の天才ロボットの開発競争になっていた。教室の正面の額には、「ヒトは知能を高めるな。ロボットの立場を考えよう」とあった。

これまでヒトは、体面も何もかなぐり捨てて、経済最優先のあの奇態の時代を駆け抜けてきた。だがヒトはもう、遊興、快楽、蓄財に没頭していればよい。恋に悩んだり、人生とは何ぞやとか、考えなくてもよい時世になったのだ。

Ⅶ部

たそがれ

［退官後］

タテマエのプールから　あがって
ホンネのタオルで
毎日全身をぬぐっている

どた靴
廃品回収が来るたびに
「まだまだ」

［秘策］

おれを
追い抜いて逝った仲間たち
さて　一気に追いついてやるか
ＡＩを使って

＝ＡＩ対人間＝

いまや、ＡＩという記号を見聞きしない日はない。

ＡＩは、人間の計算能力を超える電卓や、人間の記憶力を超えるパソコンを併せもつ怪物だが、これまでは、自分の意思を持ち、考え、行動する能力を持つ人間に、道具として使いこなされてきた。

しかし、ＡＩはとっくに人の単なる道具から脱却し、自ら考え、行動する能力を持ちはじめた。やがて、人間にとって重大なリスクになるに違いない。これからは、人間は守るべき倫理観、価値観に沿った開発理念を持ち、たとえば、ＡＩを軍拡競争に持ち込むには、互いに厳しい自戒と協定をし合わねばならないだろう。

［見舞い］

長期病床の老妻
ふっと起きて
おい　トイレか？
「ウチに帰るの」

［囲碁クラブ］

いつもの相手が急に……
何人目だろう

［新布陣］

これまで
激突してきた上と下
今日から総入れ歯

＝自信過剰の末＝

子どものころから歯には自信があった。食糧難の時代、間食として料理用の昆布を細かく切ってかじっていた。虫歯はなかったが、トシを重ねるにつれ歯周病が進み、奥歯から順に、抜いてもらったり、入れ歯を作ってもらったり。ついに矢も弾も尽きて、総入れ歯になってしまった。

若いころから俺の歯は強い、との自信から、歯を虐待してきた。もうまったくの手遅れだが、これからは心機一転。反省を込めて、現在の境遇を短詩で表現した。

最初の表題は当初、「心機一転」だったが、「新布陣」に替えた。また、途中に空行を設けて、ひと息入れてみた。

［独居房］

入って
しゃがんで
踏ん張って　踏ん張って
も

腰がよう　そうなの？
膝がよう　そうなの？
耳が……　？？

［一致］

助っ人が　寄ってたかって
サプリメント

［ありがと］

＝医薬品の飲みすぎ＝

最近、友人の奥さん（72）が転倒、骨折して入院した。医師の診断は薬の飲みすぎで、ふらつきの副作用が出たのではないかという。それは、当を得た判断だと思った。薬マニアの奥さんが、よくその効用を話していたから。

ある調査によると、高齢者ひとりの薬の処方は、64％が五種類以上だったという。これを飲み過ぎたり、同じ傾向の薬を重複して飲んだりすると、薬物間の相互作用や患者の代謝・分解の能力が落ちて、副作用が発生しやすくなるという。

年ごとに拡大する医療費問題の中、当然、クリニックの多剤多量処方が大きな課題になっている。

［大売出し］

せわしくはためく
肉店の幟《のぼり》
敷きつめたのどか
和牛たち　寝そべっている

［歳末］

遠く　近く
途切れ　途切れ　ちあきなおみ
側溝に身ぐるみ落としたまま

［除夜］

地球から放たれた宇宙の煩悩たち
鐘の響きが　そろり
そろりと　掃き清めている

＝米露中の宇宙競争＝

いまや宇宙を駆けまわる人工衛星。地球との通信・気象・GPSなど、人の生活に不可欠の存在になったばかりか、進化した有人ロケットが、宇宙と地球をつなぐ役割を担うようになった。そのため、月をめぐる競争が激化、中国は二〇一九年に世界初、月の裏側の着陸に成功、さらに翌年には無人探査機で月の土壌などの採取に成功した。

こうした中、ロシアは現在の国際宇宙市テーションから撤退し、独自のステーションの建設を決め、宇宙開発の軸足をこれまでの日米欧から中国との協力関係へと移行させている。宇宙の覇権争いは、今後の露中の動向に警戒が必要だ。

［初詣］

人々の幸せは
頼みの神々が
あちこちに隠居しているからだ

＝ひとり初詣＝

今年の初詣は鶴岡八幡宮に行ったが、鎌倉駅前から楼門まで、ずっと参拝客がつながっていた。しまった！

そこで、神社ではないが、以前、鎌倉の仏像めぐりをしていた頃、印象深かった来迎寺という小さな寺院を思い起こした。その記憶。本堂の修築中だった。プレハブ小屋の前に「御用の方はお声を」の張り紙。声を掛けると、サンダル履きのおばさんが本堂へ走ってくれた。「いま電気を点けますからね」。「帰るときは戸を閉めていってくださいね」。「はぁ〜い」。

如意輪観音半跏像など四像。とくに如意輪像。その温かみのある全体印象が忘れられなかった。よき時代だった。

Ⅷ部

そよ風

［陽だまり］

顔　寄せ合って
老夫婦
幼児の絵本をめくっている

［小春日和］

麓の煙突から
ゆらゆら　ゆらり
どなただろうか

［その先］

黙々
編み続ける老婆
身が　毛糸玉に戻るまで

［認知症］

歳月を頬張り過ぎて
つい
脳みそを齧《かじ》ってしまった

［呼ぶ声］

掌をかざすと　霧の波止場
救援の方舟が
わたしの到着を待っている

＝遠い近景＝

歳を重ねるのは本当に情けない。永年、遠吠えの相手とばかり闘ってきたので、ひどい遠視になってしまった。

あっ、老樹に不良老人がよじ登っているのが見える。またなにか悪事を仕掛けるつもりらしい。婦人像を幹に吊るした。

永遠の恋人像だ。彼はひねもすニュートンになって待っていたが、パンティは落ちてこなかった。地球の引力も、老化が進行してしまったのだ。彼もそろそろこの世から退場するつもりに違いない。

［そよ風］

あ　と感じたら
あな　と思ったら
あなた　どこまでも

＝いざ！＝

結婚六〇周年の日。これまで私は、結婚日を覚えていないことにしていた。さりげなくその日は過ごしたかったから。妻はいつもしっかり覚えていて、毎年記念日をやりたかったらしい。今回はぜひと言うので同意した。

これを機会に「過ぎし日」をゆっくりと回想した。よくまあ、こんなにわがまゝな私と一緒に……。

思えば長くて短かった日々だった。いろいろ大変なこともあったが、妻はそのたびに、そよとした感じで支えてくれていた。

右の「そよ風」は、出会いから今日までの、感謝の意と「いざ！」の気持ちを、ちょっぴりテレ気味に表現してみた。

短詩随想

変遷する言葉

「言葉」はもともと、豊作など人間の魂の動きを「音声」に乗せて唱和し合い、それが宗教的頌歌、さらに「文字」が加わって叙事詩・抒情詩などの文化に広がってきた。言葉は、累々と、その時代の人々によって、その機能も、意味も、奥行きも着実に進展しながら、人類の「文化」として発展してきたのだ。

現代。日本の諸文化は、過去に類を見ない爛熟期入っている。テレビ、映画、歌謡などの分野をはじめ、人々は多岐にわたる豊穣な文化を満喫している。これらを横断的に支えているのが言葉だ。その「言葉」が、諸技術のすさまじい進化と並行し、激しく多様化・普遍化して、人々の生活に浸透してきた。

絵文字も言葉に

言葉の多様化は、たとえば日本の伝統詩歌である短歌にも現れてきた。かつて日本にバブル経済がはじまったころ、『サラダ記念日』(俵万智)という歌集が出て世間を騒がせた。これは、明治以来の短歌の革新運動の流れの中で、若い詩人がその口語化や自由律化の一つの典型を表現したもの。当時の大衆の文化的志向を、伝統的な短歌に平易な形に広げてみせたのだった。

時代は加速し、言葉文化は急速に多様化・大衆化していく。最近では、ラッパーの機関銃のような「音声」も、ネット上を往来する簡略語や絵文字・顔文字などの「図形(文字)」なども、堂々と言葉文化の範囲に加わってきた。

自己肯定の欲求

現代人は、多様化したこの言葉を、ただ街角に撒き散らしたり、ずた袋に収集し合っているわけではない。

人は誰でも、自分に適った方法で、自己を肯定したい気持ちを秘めている。そのため、自分のありようや、社会・文化現象への関心・関与を深めている。そうした意識からか、たとえば、多くの人々が短歌・俳句などの言葉文化に親しんでいるのもその一つだろう。また、最近は、比較的高齢な人による、「自分史」の出版も盛んだったとも聞く。これらの諸行動は、人々の肯定すべき自分への意欲であり、同時に日本人の言語文化への関心の高まりの、象徴的な現象と見ることができよう。

写真とコメント

最近、ある友人（女性）から自分史が贈られてきた。ページをめくりながら、痛感したことがあった。それは文中に挿入された「写真」と「コメント」が発信する情報量の多さについてだ。

その写真は、当時の成人式場を背景に、ちょっとイカレタ感じ（失礼）の女性と、簡素な礼装をしたご本人の二人写真。これに「ハルちゃん、いまどこ？」と添え書きが付いていた。私はこれで瞬時に、ご本人の現在のお人柄に至るまでの背景を推察することができた。これらを文章化するには、膨大な字数が必要だが、この特徴的な写真と端的な短文のコラボが、簡潔に、いわば「自分史」の中の「詩」となっていることを発見したのだった。

〈詩的〉な文化

現代は、生活のあらゆる次元で、短い言葉が多様に使われている時代だ。たとえば、テレビのお笑い話芸や、友人どうしのちょっとした会話、子どもの舌足らずな言葉などからも、ふっと〈詩的〉な刺激を受けることさえある。

言葉からばかりでなく、われわれは音楽・小説・絵画・演劇・アニメなど、詩を彷彿とした文化にも日常的に触れている。つまり、われわれは〈詩的〉なものに、常時、濃密に囲まれているのだ。こうした環境のさなかで、ふっと感じた小さな感情を短い文にすくい上げて、自己肯定に役立たせる気軽な文化が身近にある。「短い詩」の制作がそれである。

「詩」と〈詩的〉

長い歴史を踏みしめてきた日本の言葉文化だが、近年のすさまじい通信技術が、一般市民の言葉に対する感性や価値観に著しい影響を及ぼしてきた。三〇年も前だが、デパートの文化的催事に「おいしい生活」〈糸井重里〉などのコピーが登場したことがある。異質の言葉を結合させて、言葉の可能性を見事に広げてみせたのだった。これらはいわば〈詩的〉の先駆だった。

また、昨今の仏教離れが課題であるお寺の掲示板に「隣のレジは早い」など、人の心理を〈詩的〉に表現しながら、心の深層について考察するなど、布教活動に活かされているという。

このように〈詩的〉は、すでに大衆に広く根付いてきた。

言葉＋言葉

点けっぱなしのテレビから「ひらけ、自分！」という女性の声が耳に飛び込んできた。反射的にテレビを見たが、ドラマのセリフなのか、ＣＭなのかわからなかったが、この音声は私にとっては〈詩的〉だった。日常的によくあることだが。

言葉は、その意味を拡張するために、適切な相手を受け入れる、いわばノリシロを持っている。「ひらけ」はきっと「開け」か「拓け」だろう。これらの言葉にとって、「自分」という呼びかけは、ちょっと連携しにくい相手だが、見事にノリシロを広げている。

言葉の意味を的確に広げることは、けっこう楽しい作業だ。時には〈詩的〉を彷彿させることができるものだから。

詩とは何だ

そもそも詩とは、風景・人事などの事物についての感情や想像などを、文字化して一種のリズムで配列するもの、とされてきた。しかし、現代では、詩を思わせるリズムや文字の配列がなくても、他の芸術・芸能や、さらには自然現象などが発信している詩的情緒や詩的感動を広く「詩」もしくは（詩的）なものとして受け止めている。

そのため文字で詩を発信するには、それだけフィールドを広く与えられており、これからは、従来の詩の概念にとらわれることなく、言葉が内包する「詩」のノリシロを拡張する工夫が必要になったと考えるべきだろう。

言葉と色彩

絵を描くときに重要な要素の一つに「色」がある。詩を書くときのそれは、「言葉」だ。仮に絵を画く人を画家、詩を書く人を詩人としよう。

画家にとって、赤という色の概念は一つではない。基本的な赤の概念を、画家は他の色を混ぜ合わせて、自分の赤を探し出そうとする。詩人にとっても、たとえば「恋」という概念は一つではない。他の言葉といろいろ結合させて、自分の感性を直裁に表現できる「恋」を模索する。いわば言葉の絵合わせだ。

どんな分野の制作でも、その構成要素を自分のものにする、その過程を追求する者がたとえば画家であり、詩人なのだろう。

落ち穂を拾う

人は知識を集め、道理を考え、ものごとの好悪を判断するなどの知的行為の基となるものを、日ごろから各自の脳裏に栽培している。そうして育てた穀物を、目的に応じて刈り取って活用しているが、そのとき、〝ふっと感じた・思った〟などのちょっとした感情は、目的外として畝に置き去りにしてしまうもの。しかし、これらのいわば落ち穂こそ、次の生命の芽を育む力を秘めた穂なのだ。

それら、ちょっとした「落ち穂」を拾いあげ、それを独自な短い詩に育て上げることも、すなわち典型的な自己肯定への道のりといえよう。

労働の姿に詩

フランスの著名な画家・ミレーの代表作に『落ち穂拾い』がある。この絵は、広漠たる農場を背景に、三人の農婦が畝に落ちた穂を懸命に拾い集めている図だ。もともと作物の部分である落ち穂。これを生活の糧として活用しようとする真剣な労働の姿を、画家は情念をこめて描いている。この絵が名画として歴史に残されたのは、現実の生活に挑む人間の真摯な労働の姿、その宗教的な尊厳さを心の旅人として描き切ったからだろう。

ミレーがこの画題に接したとき、何をふっと感じ・思ったのか。それを率直に表現したからこそ、人々に(詩的)感動を与え、名画として後世へ引き継ぐことになったに違いない。

瞬間と現実

今年もまた桜が開花した。急いで堤に上がると、「あっ、満開だぁ！」と、ふっとした瞬間感情が「春爛漫だ！」とつづく。

だが、次々と現れる花見の宴の現象に直面して、当初の瞬間感情は忘れ去られ、ぼやけた全体認識になっていく。たとえば、稲穂を刈り入れる場合、細かい穂は畝に落として、目先に必要な穂だけをせっせと収穫していく。そのような光景だ。

この情景を表現するとき、詩人は、まず自分の最初の声をたぐり寄せ、現実の風景と響き合わせてみるだろう。当初の感情を詩作の入口とすることで、感受性を深めた作品が得られることになるからだ。

言葉のデッサン

インターネット時代になっても、本棚は絶対に必要な存在だと思い知った。久しぶりに整理していたら、ある画家の『素描集』が出てきた。ページをめくっていたら、以前、著名な画家の大作が並ぶプラド美術館で、併催のゴヤのデッサン展に接したとき、重要な事実に思い至ったことを思い出した。デッサンは画家にとって、その修練こそが絵の出発点なのだと。

短詩に取り組んでいる現在、言葉が持つ意味を寸時に捉えて組み合わせる。いわばデッサンの、その積み重ねこそが人生という絵画への過程だということを、あらためて確認できたように思った。修練とはいえ、結構、楽しい修練だということも。

伝統詩歌の展開

日本には古くから、伝統的文芸である定型短句詩の和歌と俳諧があった。これらはその後、長い遍歴、幾つもの茨を乗り越えながら、日本の言葉文化を耕してきた。

明治時代になって、和歌は「短歌」に、俳諧は「俳句」と称することになったが、これは単なる名称の変更ではなく、明治・大正・昭和と続く近代化への改革運動（時代性・口語化・自由律化など）の幕開けとなった。短歌も俳句も、その時代の改革運動を重ねながら、世界に類を見ない伝統的な短句文芸として確立され、現在に至るまで、日本人の言語生活全般にその影響力を発揮してきたのだ。

伝統の行く先

短歌と俳句の共通性は、日本人の自然への感性、日本語の特性である短句表現、それらによる特有のリズム感（拍数）などを基本にしている。加えて、古くからの日本語特有の繊細な表現など、さまざまな技法・約束事を組み込みながら発展してきた。

これらは、長い伝統の中で培ってきた品格や作法などを背景とした技法の具現であるが、時代性への必然として、近年、約束事からの脱皮が進んでいる。しかし、そのためか、短歌・俳句それぞれの、いわば「詩ごころ」が急速に薄らいできたようだ。「良き伝統文芸」は、その香りをどこまで維持できるか。今後の重い課題になっているように思える。

その他の詩の流れ

日本の詩歌には、短歌・俳句のほか、これらのリズム性を継承しながらも、なんらの制約（約束事）に縛られずに、庶民の生活感を直裁に表現する川柳も広く定着している。

また、近代になって勃興し、戦後の思想的混乱期を見事に乗り越えてきた非定形の現代詩という重要な分野もある。約束事など境界線のないこの原野を、現在も多くの詩人たちが自由に行き来している。

そのほか、最近、短詩が注目されてきた。これは和歌・俳句と同じ短句構成ながら非定型で、約束事がなく、日本人の特性に適った小庭に、気軽に、短い詩を栽培し合っている。

短詩とは

まず、詩とは学ぶものでも、テクニックを追うものでもないということだ。だれもがふっと感じる小さな感情を率直に捉えて、なるべく少ない文字で表現するもの。そうして捉えた感情を、数文字にまとめて、たとえばスマホに設定した「ふっとコーナー」にメモしておく。その中から必要に応じたものを選び、そのときの事情・情景・感情などを思い出しながら（あるいは飛躍・想像しながら）仕上げるもの。

短詩とは、なんら制作上の制約なしに、題名のほか、一～六行程度に書かれる詩で、社会の諸現象を視つめた感受性を、なるべく平易な日本語で、気軽に表現するものだ。

作例　《アスリート》

『拾った金は忘れたが／落とした金は忘れられない』

自販機でコーラを買おうとしたら、あるはずの百円玉がない。〈お～い百円玉！〉と「ふっとコーナー」に書きこもうとしたら、ほかに〈しめた！　千円札〉というのがあった。買い物をしたあと、千円札が一枚多かったことがあったらしい（勘違いだった）。まったく忘れていたことで、目前の百円玉の行方だけが関心事だったのだが、これで詩の発想が急展開した。

実績のあるアスリートが、決勝戦で敗れたときの心境を、わずか百円玉を失った（と思った）ことで連想できたのだ。二つのメモが重なったための僥倖でもあった。

次への旅を

長い歴史で培ってきた日本の短句定型詩。それは、先人たちの試行を経ながら時代性を得てきた。だが現代、この分野は現状安住の雰囲気に浸って、継ぐべき方向の模索を怠っているように思える。伝統は改革意欲で継がれていくものなのだ。

すでに遠い過去となった近代。短句詩の改革運動を風のように吹き抜けた前衛詩群が存在した。その精神性と芸術性。彼らの心の旅を、われわれは依然として、見直す必要があると思う。

水枕ガバリと寒い海がある（西東三鬼）

分け入っても分け入っても青い山（種田山頭火）

詩はいつの時代でも、次の旅人の登場を待っている。

詩の心こそ

短歌・俳句の分野は、長き改革を重ねて現代に至った。しかし、現在の改革の対象は、「衣装」を意識しすぎているようだ。慣れ親しんだリズムを必然性がない（ような）破調や、約束事からの（安易な）脱皮などなど。真の改革とは、時代が引き継いできた素朴な「詩の心」をどう次代に引き継げるかどうかだろう。

「詩の心」とは、身近な現実とその地続きにある非現実との精神的な揉み合い、いわば心の旅から生まれるもの。これを自分の言葉で表現することが「詩」。詩は、日常の「自然」に対して素朴な視線で向き合い、自分の感性で拾い上げた言葉で気張らずに書くものだろう。「だれでも詩人」の所以である。

「閉店・ごあいさつ」

あの人　得意はイラスト
この人　得意はサッカー
その人　得意はダンス
得意いろいろ　無い人も
みんな詩人

こんな　荒《あば》ら屋で
得意とことばをまぶし合った
紆余曲折

そこへ　ついに
閉店のメロディーが

思えば
楽しい刹那の時間でした

ありがとうございました
またの開店で
お会いできるその日まで
いざ！

略歴

竹内 徹（たけうち とおる）

1934 年 8 月、東京都品川区生まれ

1953 年、早稲田大学第一文学部入学。卒後、短編映画の制作に従事

1969 年、アパレル業界のコンサルル会社、および

1977 年、出版編集会社を設立

1992、詩集『仮面中毒』（あざみ書房）を出版

現在、千葉市在住

『短詩集《たんししゅう》　いざ！　言葉《ことば》のデッサン帖《ちょう》』

2021 年 12 月 24 日　第 1 刷発行 ©

著者　竹内 徹

カバー絵　島崎 昌美

発行　東銀座出版社

〒 171-0014　東京都豊島区池袋 3-51-5-B101
TEL：03-6256-8918　FAX：03-6256-8919
https://www.higasiginza.jp

印刷　モリモト印刷株式会社